KB060249

청어詩人選 302

가끔씩
나타나는
것들

금랑재 시집

청어

가끔씩 나타나는 것들

금랑재 지음

발 행 처 · 도서출판 **청어**
발 행 인 · 이영철
영   업 · 이동호
홍   보 · 천성래
기   획 · 남기환
편   집 · 방세화
디 자 인 · 이수빈 ㅣ 김영은
제작이사 · 공병한
인   쇄 · 두리터

등   록 · 1999년 5월 3일
(제321-3210002510019990000063호)

1판 1쇄 발행 · 2021년 10월 30일

주소 · 서울특별시 서초구 남부순환로 364길 8-15 동일빌딩 2층
대표전화 · 02-586-0477
팩시밀리 · 0303-0942-0478

홈페이지 · www.chungeobook.com
E-mail · ppi20@hanmail.net
ISBN · 979-11-5860-990-0(03810)

본 시집의 구성 및 맞춤법, 띄어쓰기는 작가의 의도에 따랐습니다.

차례

1부

어디서 멈춰야 하나?

쓰레기통에서 쇠뭉치로
쇠뭉치에서 스펀지로
다시 물로
여기까지 힘들게 왔는데

다시 찻잔의 물이냐
개천의 물이냐
강물이냐
바닷물이냐를 따지면?

적당한 곳에서 멈추고 싶다!

적멸보궁

보도블록 위
흰 나비 한 마리
날갯짓 겹다

몇 미터 옆의
작은 풀에게로 몸부림
쳐 오른다

나비만큼
잠시 출렁이는 풀잎
순간

나비도 풀잎도 세상도
멎다
적멸이다

대낮보다
환한
흰 사리 하나

리모델링

집을 날림으로 짓고
50년을 불안하게 살았다

무너질 게 뻔했지만
신경 쓰지 않았다

집 벽에 금이 가기 시작했다
여름엔 더웠고 겨울엔 추웠다

50년 만에 리모델링을 하고
집을 무허가로 바꿨다

기다림

마음은 불효자식이다
말도 잘 안 듣지만
가출도 자주 한다

사랑도 마음이다
내 허락 없이
들락날락한다

매일 매일

매일 매일
새로운 것들을 깨닫는다

매일 매일
새로운 것들을 느낀다

매일 매일
새로운 것들을 행하지 않는다

불사초꽃

꽃이야 맘대로 피었겠냐만
씨 한 톨 꼭 끌어안고
바람 하나 물 하나

망울 밀다 멍든
꽃,
아픈 꽃

빗방울 기다리며
백 년씩
무한꽃차례

노인과 바람

키 작은 노인이
고개를 올라가고 있었다

펄럭펄럭 품 큰 남방과
통 큰 바지로 바람을 일으키며
뒤 한 번 안 돌아보고
고개를 넘어가고 있었다

팔랑팔랑
늙은 나비 한 마리가
바람에 실려
고개를 내려가고 있었다

소쿠리

창고 속에 처박아 두었던
먼지투성이 소쿠리를
물로 씻고 있어요

물을 담을 순 없지만
소쿠리가 깨끗해지면
과일을 담으려고요

노크

나는 노크를
손으로만 하는 줄 알았다
손가락이 부르터도
문은 열리지 않았다

기호 하나 데리고
내려가서
대신 두드리게 했다 문이 열리고
다른 기호들이 쏟아져 나왔다

나도 기호가 되어
그들과 숨바꼭질을 했다
밤이 깊어도
올라가고 싶지 않았다

외다리 비둘기

비둘기 무리 사이에서
한 비둘기가
몸을 아래위로 흔들고 있었다

다리 한쪽이 없어
모이를 쪼을 때마다
몸 전체를
내렸다 올렸다 하는 것이었다

먹이 한번 먹기 위한
수차례의 몸부림

두 다리 비둘기들 사이에서
외다리 비둘기가
온몸으로 춤을 추고 있었다

깍두기

무가 크면
한입 크기로 잘라
깍두기를 해먹습니다

지식을 먹기 좋게 잘라
토막 내서 먹으면
맛이 어떨까요

봄볕

봄볕이 따뜻한지
말 안 해도 알아요

당신 마음이 따뜻한지
말 안 해도 다 알아요

봄볕 때문에
내 마음이 따뜻하니까요

봄 빨래

봄바람 아직 찬데
며느리 개울가에 보내놓고
시어머니 딸 걱정을 한다
그 딸도 어디선가 빨래하고 있겠지

올라가는 꽃잎

술 한잔 해서
온몸이 나른한데
눈동자 오히려 또렷할 때
재즈를 듣는다

흔들리는 나뭇가지 위
나비가 떨어지고
꽃잎이 올라간다
꽃잎인 듯 나비인 듯

탈출

긴 잠에서 깨어나니
독항아리 안에 있습니다
중독을 해독하려면
독과 계약을 맺어야 하는데
독이 조건을 받아들일까요
이러다 또 중독되는 건 아닐까
아참, 일단 항아리 밖으로 나와야지

취

유취가 무취 속으로 들어온들
향기쯤이야
무심한 작은 새
날갯짓으로 날려버리면 그뿐
호들갑 떨기는

종소리

먼 곳에서 종소리가 울린다
테두리가 있다
나무를 잡고 있어도
울림에 쓰러진다
아니, 일어나려면
쓰러져야 한다
든든한 기둥 하나
깊게 세우고
꽃잠 입꼬리를 올린다
깊은 곳에서 울리는 종소리
테두리가 없어졌다

것들

것들이 들어온다
허락받아야 포로가 되는 것들
문이 닫히자 격렬하게
탈출을 시도한다
상처 입고 쓰러진 것들 사이로
온전히 서 있는
것들 몇 개
번쩍!
눈을 뜨니 바람이 분다
바람의 방향은 중요하지 않다

출근길 지하철

먹고 살려고
아침 지하철을 탄다
먹지 않은 얼굴들이 가득하다
사랑하면 먹지 않아도
배부르다기에
뭔가를 사랑하기로 한다
국어의 신 영어의 신 수학의 신
광고 속의 신들은 배부른 듯
환하게 웃고 있다
뭔가를 많이 사랑하나보다
배고픔을 잊으려고
신 한 분을 사랑하기로 한다
팔짱을 끼고
윗니가 여덟 개 보이게 웃는다
먹고 살려고
지하철에서 내린다
배가 고프다

봄 마중

봄이 온다길래
대문 활짝 열어놓았지

아무리 기다려도 오지 않길래
찾으러 나갔지

아무리 찾아도 안 보이길래
집으로 돌아왔네

마당 한 구석
새끼 아지랑이 몇 마리
뛰놀고 있네

무용지용

못 생긴 소나무
온몸으로 견디네
이깟 추위쯤

반복의 효과

수 년 전 수십 년 전의 일이
어제 있었던 일처럼
생생하다는 말을 못 믿었습니다

나이가 드니
바로 어제 일도
가물가물 거릴 때가 종종 있으니까요

그런데 시간을 펴보니
그런 일들이 꽤 있더군요
처음엔 선명하지 않았는데
자꾸 생각하니 또렷해지더라고요

반복하고 싶지 않은데
좋은 일들만 쏙 빼고
자동 반복이 되네요

틀린 그림 찾기

계절이 바뀌지 않는 곳에서
매일
같은 사람이
같은 시간에
같은 장소에서
같은 풍경을 찍었다
사진에는 바뀐 게 없다

다 바뀌었다
시간이 바뀌었다

스타트 라인

마라톤 선수들이
왜
100미터 스타트 라인에 서 있지?

무거운 손

어떤 시인이 그러더라고요

세탁기에서 아빠 옷을 꺼내는데
아내 옷이며 아이들 옷가지가
함께 딸려 나오더라고요

빨래를 꺼내는 아빠 손이
얼마나 가뿐했겠습니까

사랑의 능력

사랑하게 뇌년
능력이 하나 더 생깁니다
둘이 기다리면 시간이 짧아지죠
유효기간이 있습니다
눈물이 마를 때까지만입니다

사랑하게 되면
본능이 하나 더 생깁니다
기다림이죠
유효기간이 없습니다
둘이 기다려도 시간이
짧아지지 않는 이유는
어느 한쪽이
시간을 늘리고 있기 때문입니다

적당히

남에게 상처를 주지 말고
나도 상처받지 말자고
아침마다 다짐을 합니다
어떤 날은 말을 많이 해서
남에게 상처를 주지는 않았나 걱정하고
또 어떤 날은 듣기만 해서
내가 상처를 받은 것 같아 걱정합니다
마음을 단련하라고 하는데
마음을 유연하게 가지라고 하는데
적당히 말하고
적당히 들으라고 하는데
그 '적당히'를 모르겠습니다
아무래도 적당히 상처 주고
적당히 상처받으며
살아야 할 것 같습니다

산은 산이요 산은 산이요

산은 산이요

과거의 시간들을
점으로 찍어보세요
첫 점은 꿈의 시작이고
끝 점은 꿈의 완성이에요

일직선이 되나요?
열심히 사시는군요
들쭉날쭉 하다고요?
고생하시는군요

왔다 갔다 하다가
첫 점 가까이 있다고요?
산 속에 들어갔다 나오셨군요

산은 산이죠

껍데기

쓰레기통을 들여다봅니다
커피캔 우유곽 빵비닐
쓰레기들이 가득 들어있습니다

장군 목숨을 지키려다
자기 목숨을 못 지킨
이름 없는 병사들이
떠오릅니다

장자의 빈 배

배를 타고 강을 건너는데
반대편에서 다른 배가 다가와 부딪히면
화를 내겠지만
그 배가 비어 있다는 걸 알게 되면
화를 내지 않고
다른 쪽으로 노를 저어 갈 거라고
애초부터 상대가 없었다고 여기면
화를 내지 않을 거라고

만일 당신이 뱃사공이라면
빈 배가 와서 부딪힌다면
노를 잘못 저은
당신 자신에게 화를 내지 않을까요?

선인장

보이는 건 다 팔고
더 이상 팔 게 없어지자
안 보이는 것까지 팔게 되면서

사랑해 행복하게 해줄게
사람들의 말은
더욱 달콤해진다

당신 잘못이 분명한데
노우 잇츠 낫 유어 폴트
하나도 안 행복한데
어허 일체유심조라
마음만 살짝 바꾸면 되느니

기어이 내일모레글피도 사라고 하지만
안 사 안 사 안 사
신기루도 없는 사막에서
손사래를 치다

계절 바꾸기

자연의 사계절은
봄 여름 가을 겨울이지만
겨울을 맨 앞에 두는 걸로
순서를 바꿔봅시다
뭐 어때요

겨울
봄
여름
가을
이렇게요

나이가 몇이든
겨울이 지났으니
지금 봄에 사는군요
여름은 아직 오지 않았고
가을이 기다려집니다

마이 이너 피스

글은 노크 하고 머리로 들어오지만
말은 허락 없이 가슴으로 들어온다

머리는 태연한 척하고
가슴은 움찔한다

들을 때도 말할 때도
포커페이스 하라고 하지만

언제나 두근거리는
마이 이너 피스(My Inner Peace)

몸으로 시 쓰기

사연이 많은 사람들은
몸에다 시를 쓴다
몽둥이로 때려서
퍼렇게 멍들도록 쓰고
칼로 베어
검붉은 피가 흐르도록 쓴다
그들이 쓰는 시는 총천연색이다

내가 종이에다 글로 쓴 시는
흑백이다
가짜다

내 몸을 희게 헤야

사랑은 던지는 게 아니라 받는 것이다
내가 나를 때려 그 울림을 전하는 것이다

사랑은 흐르는 게 아니라 물드는 것이다
밑에서 위로 물을 보내 내 몸을 희게 하는 것이다

두부보다 약하지만
수십 년보다 강한 것이다
죽음보다 강하지만
미소보다 약한 것이다

깨끗한 보자기에 싸서
정성스럽게 옮겨야 하는 것이다

명명자(命名者)

바람이 말했습니다
그곳에서 누가 자기를 불러
내가 있는 이곳까지 왔다고
이유도 모르고 왔다고

나를 그곳으로 데려가 달라고 했더니
그건 안 된다고 하네요

누가 자기를 불렀는지
모르기 때문이라고
그 이름을 모르기 때문이라고

키가 큰 나무

키가 큰 나무는 바람을 먹는다
구름을 들이키고
안개를 마신다

키가 큰 나무는
뿌리를 허공에 내린다
별이 되는 뿌리들

땅 속에서
꽃 피고 열매 맺는
키가 큰 나무

양자택일이 어렵거든

무위지위가 불가하거든
무용지용하라
죽음에 대들 수 없거든
삶과 맞장 뜨라
살아내기 힘들거든
일단 살아보라
유대가 어렵거든
고독과 친해져라

이도 저도 고르기 곤란하거든
우선 둘 다 사랑하라
어차피 사랑도 내 것이 아니거늘
들락날락하게
문이나 열어둬라

고독은 튼튼한 안테나

귀는 두 개가 아니다

어떤 말을 들었을 때
얼굴이 환해지거나 어두워지고
가슴이 따뜻해지거나 서늘해지며
입꼬리가 올라가거나 내려가니
얼굴도 가슴도 입도 귀다

귀는 안테나다

외로운 사람들에게는 안테나가 많다
약하다
조그만 신호에도 부서지기 일쑤다

고독한 사람들도 많은 안테나를 가지고 있다
강하다
어떤 신호에도 휠지언정 부러지지 않는다

고독은 튼튼한 안테나다

당신이 있는 곳

산은 산이요 물은 물이로다
산 아래 있지만 더 아래에 있네

산은 산이요 물은 물이로다
산 아래 있지만 산보다 위에 있네

산은 산이요 물은 물이로다
그저 산 아래에 있네

산은 산이요 물은 물이로다
아무 데도 없고 어디에도 있네

착각

먼 사랑
가까운 사랑이 있습니다
사랑은 언제나
멀지도 가깝지도 않은데
사랑하는 사람들이 그럽니다

작은 사랑 큰 사랑
적은 사랑 많은 사랑이 있습니다
사랑은 언제나
적당한데
사랑하는 사람들이 또 그럽니다

누구 마음?

밀물 때 들어와
못 나간 물들이 있다

더러는 큰 웅덩이에서
역시 못 나간 바닷것들과 함께
다시 올 물을 기다리기도 하고

또 더러는 작은 웅덩이에 있다가
영영 바다를 못 만나기도 한다

바다 마음도 아니고
물 마음도 아니다

시 쓰려 용 쓰지만

남을 웃기는 사람은
웃기려는 사람이 아니라
원래 웃긴 사람이어야 한답니다

시인도 같아서
시를 쓰려는 사람이 아니라
그냥 쓰는 사람이어야 합니다

악마에게
몸을 주거나 영혼을 팔아서
시를 쓴다는 전설도 있지만

내 몸은 싸고 내 영혼은 가벼워
악마조차 받지 않으니
시 쓰려다 용만 씁니다

가끔씩 나타나는 것 1

바다 건너에서
수십 년 만에 손을 내밀고
그 손 꽉 쥔 지도 수십 년
낙타의 입에선 피가 나는데
손바닥 긁히는 건 아무것도 아니지
온 데도 모르고 갈 데도 없으니
그저 서 있는데
하늘이 손가락들을 찌르고
멍이 들었어요 피가 났어요
매일 호들갑을 떠는데

바다를 건너오느라
힘 빠진 바람에
손가락 몇 개 흔들릴 뿐
여름만 있는 곳에서
어떻게 태어났는지 궁금해 하는
나이도 모르는
아직 꿈도 꾸지 못한
눈 감은
우뚝

몸 하나 서 있다가

푸른 멍도 먹고 붉은 피도 마신
독 오른 바람이
손가락 몇 개 부러뜨리고
몸통에 생채기를 내자
고개 한두 번 끄덕거리고
돌개바람 불러
낮에는 잠 못 자게 하고
밤에는 숨 못 쉬게 하자
못 이기는 척
자식 하나 떼어주는데

그제야 머리 위에 망울 하나
오도카니
물 한 방울 마시며
독수리눈으로 무지개 기다리지만
아직 자라지 못한
목이 마른 새 한 마리
머리 위에 올라앉아
망울을 먹는지
방울을 마시는지
온통 피칠갑

다시 여름이 수십 번 지나는 동안
발 밑으로는 물이 흐르고
몸통이 새의 길을 자르고 바람을 밀고
머리 위로는 비가 내리지만
핏자국은 지워지지 않고
작아지면서 진해지면서
안으로 들어가며 밖을 보는데
번쩍
두 눈이 멀자
빛이 쌓여

꾹꾹 누르니
투명한 가슴이 단단해지고
머릿속에는 붉은 공이
나가고 싶어요
몸을 부풀리지만
이무기 한 마리
공을 가운데 두고 똬리 틀고 앉아
서로 못 나가게
종이 위에서 싸우네
그냥 올라가면 될 것을

여름이지만 겨울이지
오는 것은 기다림을 앞세운다지
몇 번의 기다림 후에야
선심 쓰는 척
드디어 잎 없이 꽃이 피자
모래도 만든 나비들이
섬에서 섬으로 다리를 놓고
들어오세요
낮에도 밤에도
불 켜놓고 이 꽃잔치 저 꽃잔치

한 섬에 두 꽃
또 한 섬에 또 두 꽃
꽃들이 엉키어
자기를 작게 하여
서로의 안쪽으로 파고 드는데
더 이상 작아질 수 없자
기어이 서로
다리 밟고 섬 밖으로 나가
자기 몸을 찢으며
옛다 나를 먹어라

몸통은 몸통을 기다리지만

몸통은 오지 않고
비도 오지 않고
발 밑의 물은 말라
마약을 달라고 할까
아니야 아니야
마약을 만들려고
천 일을 더 기다릴 순 없어
천 일을 울지 못했는데
천 일을 날지 못했는데

방이 작아 문을 열자
큰 몸 하나 나타나
자기 몸을 가르고
세쌍둥이를 내어놓는데
어디를 가려는지
몸부림을 치다가
울고 싶은데
날고 싶은데
마약 바르고
눈 감고 누워 있으니

새 한 마리 날아와
쌍둥이 머리 하나 따먹고

천 일을 울고
또 새 한 마리 날아와
쌍둥이 머리 또 하나 따먹고
천 일을 날고
마지막 쌍둥이는
새가 무서워
땅 위에 떨어져
땅 속에 머리를 숨기고

머리 뽑히지 않을 정도로만
바람이 불고
몸통 타지 않을 정도로만
불이 내려오고
빛을 못 보는 눈
어둠이라도 봐야지
눈에서 빛이 나와
땅 속을 밝히는데
여기도 빛 한 줄기
저기도 빛 한 줄기

살아남은 쌍둥이는 꿈을 꾸는데
자기가 새 되어
다른 쌍둥이를 찾다가

땅 속에서 빛을 봤던가
자기가 새 되어
다른 쌍둥이를 찾다가
본 빛을 삼켰던가
바다 건너로 손을 내밀어
기다릴까 말까
셋 다 꾸는 꿈

2부

평일 점심식사 1

식당에서 혼자 점심을 먹습니다
노인 네 분이 큰 소리로 얘기를 해서
듣지 않으려 해도 다 들립니다

서로 호칭을 회장님 사장님 하네요
아마 높은 분들 같습니다
집 얘기 돈 얘기를 하는데 억 억 하네요
아마 부자인 것 같습니다
골프 얘기도 나오네요
아마 건강한 분들 같습니다
가만히 들어보니 모두 옛날이야기네요
아마 왕년에 한두 가닥씩 하셨나 봅니다

저는 지금 순대국집에 있습니다
아세요?
순댓국보다 순대국이 더 맛있다는 걸!

평일 점심식사 2

식당에서 혼자 점심을 먹습니다
옆자리의 할머니와 더 할머니가
다정하게 얘기하네요

할머니의 친척집 자식들이 공중에 붕 오릅니다
명문대를 나와서 대기업에 취직했답니다
할머니의 목소리가 조금 높아지고
대단한 집안이라고 더 할머니가 칭찬합니다

드디어 더 할머니의 차례입니다
더 할머니의 자식들이 더 높은 공중에 붕붕 오릅니다
유학 가서 외국회사 다니고 있답니다
할머니의 맞장구는 힘이 없습니다

갑자기 식당 아주머니가 바빠집니다

행복이란

큰 걱정은 없고
작은 걱정만 몇 개 있는 것

그 작은 걱정들을
크게 걱정하지 않는 것

수다는 단팥

빵과 빵 사이
단팥이 들어가면
빵이 맛있듯이

시간과 시간 사이
수다를 넣으면
시간이 달달하다

선반공 김씨의 날

달무리 찻집의 제일 큰 방에서
바지 뒷주머니에 노란 봉투를 꽂고
오랜만에 시킨 씨바스 리갈 양주를 마시며
김씨는 열변을 토하고 있었다
평소 쌀쌀맞게 굴었던
립스틱 짙게 바른 미스 진이
김씨 옆에 착 붙어 아양을 떨고 있다
마셔 마셔 오늘 마시고 죽자구
오늘 무슨 날이에요? 왠 양주?
우리나라는 말이야 기계가 키웠어
그럼요 남자는 기술이죠
내가 기계밥만 삼십 년이야
어머 저는 물밥이 이십 년인데요
우리나라는 기계가 발전해야 돼 암
김씨가 얘기할 때마다 양주잔은 비워졌다

다음날 아침 달무리 찻집 앞에는
술 취한 김씨가 비틀거리며 서있었다
오늘은 금요일
선반공 김씨는 출근을 하지 않았다

잉어빵 두 개

집 앞 횡단보도 근처
왕년에 힘 좀 썼을 것 같은 과묵한 얼굴의 아저씨가
잉어빵을 팔고 있습니다.
안녕하세요, 잉어빵 이천 원어치 주세요
아저씨는 대꾸가 없습니다
틀에 기름을 두르고 반죽을 넣고 팥소를 넣고 또 반죽을
넣고
하나 하나 정성스레 굽느라 시간이 오래 걸립니다
의식을 치르듯이 진지한 표정입니다
다 구워지면 잉어빵이 눌리지 않게
하나 하나 조심스럽게 집게로 집어서 종이봉투에 담고
다시 비닐봉투에 넣은 후
손잡이를 편하게 잡을 수 있도록 잘 여며 줍니다
많이 파세요
아저씨는 또 대꾸가 없습니다
이천 원에 6개인데 늘 2개가 더 들어 있습니다
하나는 어서 오세요 값
또 하나는 안녕히 가세요 값 같습니다
아저씨가 앞으로도 대꾸를 해주지 않았으면 하는
살짝 부끄러운 생각을 하곤 합니다

작고 따뜻한 끈

공원 한 구석에서
할머니가 손자의
오줌을 누이고 있었다

꼬마는 한껏
몸을 뒤로 젖혔고
할머니는 흐뭇해했다

할머니의 미소는
끊이지 않고 수 대를 이어온
작고 따뜻한 끈을 보고 있었다

양주 맛

쓴 쏘주의
참맛을 알려면
쏘주보다 더 쓴
인생을 살아야 한다는데

쏘주보다 더 쓴 양주의
참맛을 알려면
얼마나 더 쓴
인생을 살아야 하나

양주는 마시지 말아야겠다

삶

아내는 매일
생활을 살고

남편은 매일
아내를 산다

아내를
살게 해야겠다

일인이역

나는 내 영화의 주인공

컷, 엔지
컷, 오케이
감독이기도 하지

기름값

엄마가 저녁값을 냈다
꼬깃 접은 만 원짜리 세 장
식당주인 앞에서 두 번 헤아렸다
아휴, 저녁 한 번 비싸게 먹었다 얘

꼬깃꼬깃 접은
만 원짜리 다섯 장
세지도 않고 주셨다
기름값 해 어멈한텐 비밀로 하고

머리 허연 엄마가
머리 하얀 아들에게
용돈 주셨다
며느리 몰래 주셨다

당신의 이별 방식

무릎 꿇고 바짓가랑이
부여 잡기

돌아서서 손수건으로
눈물 닦기

한밤중 창가 달빛 찍어
편지 쓰기

블랙박스

비행기 사고가 나면
블랙박스를 열어
그 이유를 알아본다

나는 내 블랙박스를
열어본 적이 있던가

꺼내보아야 할 것은
앨범 속 사진만이 아니다

봄도 길까

겨울이 지나야
봄이 온다는데
겨울은 왜 이리 길까?

긴 겨울 만큼
봄도 길까?

믿음의 정도

어느 영화에서
여주인공이 남주인공에게 물었다
자기는 나를 몇 퍼센트나 믿어?
51퍼센트 믿지!
겨우 1퍼센트 더 믿어?
1퍼센트 더 믿는다는 건
다 믿는다는 뜻이고
1퍼센트 덜 믿는다는 것은
하나도 안 믿는다는 뜻이야!

100퍼센트 믿는다는 건
웬만하면 다 믿는다는 뜻이고

200퍼센트 믿는다는 건
웬만하지 않은 것도 다 믿는다는 뜻일까?

무념무상

힘든 일을 버틸 수 있었던 이유는
그 기간이 짧아서도 아니고
작품으로 써먹으려고도 아니며
뭐 대단한 가치가 있어서도 아니라
기대가 없었기 때문이다
꿈 돈 사랑 성공 행복 희망
이런 것들을 생각하지 않아서다

기대할 것 없는 내게
세상은 기대를 강요한다
힘든 일이 더 힘들어지는 이유다

삶은 더 힘든 일보다 더 더 힘든데…

사안(四安)

어느 스님이 텔레비전에 나와
행복을 추구하는 것보다
마음을 편안히 하라고 말하더군요

안심(安心)만으로
이 세상을 살아갈 수 있을까요?
안신(安身)해야 하고
안신(安神)해야 하며
안금(安金)도 필요한데 말입니다

네 가지
다 가질 수 없으니
하나만이라고
제대로 하라는 뜻일까요?

늦지 않았어요

꽃 지고 나서야
봄이 갔음을 알았으며

잎 떨어진 후에야
가을이 가고 있음을 깨달았다

겨울을 여름처럼
뜨겁게 살아야겠다

마음은 흐르는 물

청소기를 돌리고
총채로 먼지를 털었다
마음까지 깨끗해졌다
는 말은 거짓말이다

걸레로 바닥을 문지르고
행주로 그릇을 씻었다
마음까지 환해졌다
는 말도 거짓이다

내 마음 깔끔해지자고
다른 것들을 더럽히는 건
이기적인 짓이다
마음은 도처럼 닦는 게 아니다

자본주의 목표

100%가 목표라고 했습니다
100% 했습니다

딱 100%는 좀 거시기 하니
120%를 하라고 합니다
120% 했습니다

전체 목표에 이르지 못했으니
10%를 더 하라고 합니다
100% 못한 사람들을 독촉하라니까
그들은 사연이 많답니다
130% 했습니다

목표 미달인 사람들이 그러더라고요
뭘 그렇게 많이 했냐고
내년 목표가 더 높아지면 어쩔 거냐고

산 넘어 산이 있고
바다 건너 바다가 있다는
말을 들은 적이 있습니다

창직(創職)

아프리카 마다가스카르 섬에는
길에 물이 있을 때
자동차가 그 길을 건널 수 있을지 없을지
온몸으로 알려주는 사람이 있습니다

자동차 앞에서
짧은 바지만 입고 맨발로
첨벙 첨벙 걷는 사람이 있습니다

아마 무릎까지 잠기면
자동차는 못 지나가나 봅니다
다행히 물은 무릎 아래여서
자동차는 그 길을 무사히 건넙니다

타는 사람이 걷는 사람에게
돈을 줍니다
얼마인지 궁금합니다

이음동의어(異音同義語)

지금까지
책 몇 권이나 읽었습니다, 는

지금까지
밥 몇 그릇이나 먹었습니다, 와
같은 말이다

두 배로 기분 좋게 하기

순댓국 보통 하나
소주 빨간 거 한 병이요
순댓국은 순대 반 고기 반으로 주세요

소주에서
막걸리로 맥주로 와인으로 양주로
다시 소주로

순댓국 삼겹살에서
파전으로 통닭으로 치즈로 소고기로
다시 순댓국으로

순대 한 알 소주 반 잔
고기 한 점 소주 반 잔

소주 한 병에 여덟 잔 정도 나오지만
반잔씩 따릅니다
열여섯 번 기분이 좋습니다

선선한 삶

텔레비전에서 다큐멘터리 프로그램을 봅니다
새벽 5시 전철 첫차에 사람들이 탑니다
"하루를 여는 사람들"
몇 시에 퇴근하는지 나오지 않습니다
밤 12시 전철 막차에 사람들이 바삐 오릅니다
"밤을 잊은 사람들"
몇 시에 출근했는지 안 나옵니다
자막이 뜹니다
"하루를 치열하게 사는 사람들"
'치열하다'의 뜻을 표준국어대사전에서 찾아봅니다
'기세나 세력 따위가 불길같이 맹렬하다'
그 프로그램에는
아침 9시까지 출근하고 저녁 6시쯤 퇴근하는
사람들이 나오지 않습니다만 그들도
사전상의 뜻처럼 삶을 치열하게 살겠지요
쫌 선선하게 살면 안 되나요?

처음

처음 젊어지는 사람도 설레고
처음 늙어보는 사람도 설렌다

젊어지는 사람은 가슴이 뛰고
늙어보는 사람을 가슴 잡힌다

둘 다 모르긴 마찬가지
어떻게 설렐지도 내 마음대로

두 종류의 노래

세상에 딱
두 종류의 노래가 있습니다

천사가 부르는 악마의 노래
악마가 부르는 천사의 노래

어떤 노래를 들으시겠습니까

둘 다 당신이 부르는 노래

진주알

조개가 진주알을 만들어내기 까지는
2년 6개월 동안 고통을 견뎌야 한다죠
그 애기 같은 속살이 얼마나 아렸겠어요

우리 몸 속에도 진주가 있어요
쉰 살쯤 됐으니 아마 스무 개쯤 있겠죠
지금 우리는 진주알을 꺼내는 중이예요

스무 개 한꺼번에 다 쓰지 말고
일 년에 한 개씩만 쓰세요
스무 해 동안 우리 앞은 환할 거예요

다 쓰면 어떡하냐고요?
걱정 마세요
또 생겨요

비지니스 크럽

도서관 옆
비지니스 크럽엔
(비즈니스 클럽이 아니다)
비즈니스맨들이 없다
비지하지 않은 사람들이
비지하게 드나든다

아침에도 낮에도
빨간 꼬마전등이
켜져 있는 것 보니
그 비지니스 크럽은
하루 종일 비지한 것 같다
나도 뭔가에 비지하고 싶다

그들이 왔다

사람들이 한꺼번에 나에게로
왔다

그들의 과거 현재 미래도
왔다

걱정해주는 표정도 배려의 말도 환한 웃음도
왔다

함께 아파하는 마음도 기쁘고 즐거운 마음도
왔다

나도 그들에게
갔다

일타사피

물고기가 가라 앉은들
기러기가 땅으로 떨어진들
달이 구름 뒤로 숨은 들
꽃이 부끄러워 잎을 말아올린들

눈동자 새까만
계집아이 하나
방긋
미소만 하리

고독과 외로움

고독을 보약이고
외로움은 독약이다

보약은 더 건강해지기 위한 것이고
독약은 상처를 치료하기 위한 것이다

나만 모르고 있었어요

나무뿌리가 흙속에서
땀 흘리며 뛰고 있다는 걸

꽃이 다칠까 나비가
사뿐사뿐 걷는다는 걸

강가의 배가 바다로 떠나지 못한 건
배를 사모하는 강변의 갈대가
겨울을 불렀다는 걸*

종이 더 아파야 소리가 멀리 간다는 걸
그리고 그 소리는 나만을 위해 울린다는 걸**

나는 그 사람을 생각하는데
그 사람은 나를 사랑한다는 걸

나만 모르고 있었어요

* 정호승 시인의 「남한강」 중에서
**존 던의 『누구를 위하여 종은 울리나』 중에서

도장

오랫동안 못 만나다가
한번 만나보세요
그리움이 얼마나
넓고 깊고 커졌는지 말이에요
만나면 그냥 씨익 웃으면 돼요
그 미소 속에 그동안의 그리움이
다 들어있어요
차곡차곡 쌓여있어요
말 별로 안 하고
술만 마시다 헤어져도
나무에 화살이 꽂히듯*
머릿속에 노래가 기억되듯
그 미소는 가슴 속에 화인이 되어
십 년이 지나도 지워지지 않을 거예요
그렇게 도장 몇 개
찍고 찍히고 살아요

* 롱펠로우 「화살과 노래」 중에서

사연이 많은 사람들

돈이 적은 사람들은 사연이 많다

돈 있는 사람들은 돈을 쓰고
사연 있는 사람들은 사연을 쓴다

돈을 쓰면 살림이 풀리고
사연을 쓰면 마음이 풀린다

사연은 하소연이 되고
하소연을 들으면 사연이 많아진다

사연이 많은 사람들의 돈에는
사람냄새가 깊게 많이 배어 있다

그래 그럴 거야

어머니 몸은 껍데기일 거야
자식에게 다 줘서
한으로만 된 껍데기일 거야
그래 그럴 거야

어머니 생각하면 눈물 날 거야
눈물 천 방울에 껍데기 하나 풀어질 거야
눈물 만 방울에 한 하나 녹아내릴 거야
그래 그럴 거야

다 녹아 없어지면 저승 가실 거야
저승강 건너며 뒤돌아보실 거야
저승산 넘으며 또 돌아보실 거야
그래 그럴 거야

하늘에 올라서도 눈 못 감고
죽어도 죽지 못하고
자식 걱정하실 거야
그래 그럴 거야
그래 그럴 거야

세상의 해상도

보행용 안경이 망가져서
수리를 맡겼다

모니터용 안경을 끼고 거리를 걸으니
모든 게 희미하게 보인다

흐릿한 세상이 익숙해질 때까지
맡긴 안경을 찾지 말까 보다

새벽도 밤도 힘들게 온다

새벽은 05시부터 시작되지 않는다
잠에서 덜 깬 아내가
부스스한 머리로 아침밥을 준비해야
비로소 새벽이 온다

밤은 21시부터 오지 않는다
해가 지고 달이 떠도 오지 않는다
남편이 고된 하루 일을 끝내야
그때서야 밤은 시작된다

화수분

이 세상에는 팔 게 참 많습니다

몸을 팝니다
육체적으로 일하니까요

마음도 팝니다
흔히들 감정노동이라고 하지요

정신만은 안 팔려고
정신승리를 되뇌지만
여지없이 팔리네요

근데 참 신기한 것이
30년 넘게 팔았는데도
또 팔 게 남아 있다는 사실입니다

비극적?

인생은 전혀 극적이지 않습니다

극적인 것들을 모아 모아 만든 것이
소설이고 드라마입니다

웬만한 소설은
하루 만에 읽을 수 있고

어지간한 드라마도 몰아보기 하면
이틀 만에 다 볼 수 있습니다

하루나 이틀 빼고
인생은 비-극적입니다

통화의 무게

전화가 왔다
지리산 끝자락에서
보이지 않는 끈을 타고
서울 한복판으로

목소리가
웃음이
말이
....
나는 잘 있으니
너도 잘 있으라고

전화가 온다는 건 사람이 오는 것
사람이 온다는 건 다 오는 것[*]

* 정현종 시인의 「방문객」 중에서

만병통치

만병통치약은 없듯이
만병통치의
문학도 음악도 미술도 철학도 없다

병에 걸리면
그 병에 맞는 약을 먹듯이

책 읽는 음악 듣는 그림 보는 철학 하는
사람에게는 다 이유가 있다

세상에서 가장 맛있는 술

기뻐서 마시는 술

뭘 이뤄놓고 뿌듯해서 마시는 술

유혹하려고 마시는 술

유혹 당하려고 마시는 술

오늘 처음 만났는데 10년 동안이나
만나왔던 것 같은 사람과 마시는 술

10년 동안이나 못 만나고 오늘 만났는데
그동안 계속 만나왔던 것 같은 사람과 마시는 술

그러나 세상에서 가장 맛있는 술은
아무 이유 없이 마시는 술

응봉산 개나리

봄이면 응봉산 개나리가
앞 다퉈 바삐 핀다

개나리만큼 많은 사람들이
산을 오른다

밤이 늦어서야 내려와
산 밑 카페에서도 개나리를 얘기한다

아침부터 정신없던 알바생은
개나리 피는 속도보다 더 바쁘다

내 언젠가는 저놈의 개나리를
죄다 쥐어뜯고 말 거야!

가끔씩 나타나는 것 2

비를 기다리고 있어요
위에서 내려오는 비보다는
아래로부터 올라오는 비가 더 좋아요
이 비 저 비 가릴 처지는 아니지만
괜찮아요
백 년이 지났지만
백 년 더 기다릴 수 있어요
올 때까지 기다릴 거예요
그럴 수밖에 없어요
다리가 없어요

비 꿈도 꾸고
물 꿈도 꾸었어요
아이참
간지럽게 하지 말고
웃기지 말고
흔들지 말고
불면 날아가는데
그깟 심호흡이 뭐 그리 어렵다고
한 치의 오차도 없이

비어 있는 곳으로만 바람이 부네요

사방을 주시하면서
몸으로
제자리 뛰기를 하지요
높이 올라야 멀리 가지만
안고 있는 것들이 떨어질까봐
조심스러워요
빙글빙글 돌아가니 머리도 어지러워
토할 것 같지만
눈들 부릅뜨고 주먹들 쥐고
뛰면서 돌지요

팔들 펼쳐지고
것들 몇 개 떨어지고 나서야
몸이 가벼워져
바람 위에 서니 눈이 밝아져서
저 멀리 물이 보여요
아니 보이는 것 같아요
자기 먹을 거는 자기가 갖고 태어나니까
몇 개 더 떨어져도 상관없으니
착 붙어 있는 놈들의 이마 위로
제대로 된 심호흡이 필요해요

나무도 보이고 풀도 보여요
물 냄새가 나는 것 같기도 한데
물은 아직 안 보여요
것들 몇 개 죽고
나무도 안 보이고 풀도 안 보여요
물 냄새도 안 나는데
물이 보여요
것들 몇 개 또 죽고
한 번 구르니 조금 멀어지고
두 번 구르니 더 멀어지는데

뒤로 물러나니 가까이 와 있는 바다
고래가 숨 쉴 때마다
탑 하나씩 세워지고
바다에도 대궐 가득
하늘에도 궁궐 가득
궐 문을 열고 용이 나타나
입 열고 모래를 뿌려
바다를 메꿔요
갑자기 사라지는 물
것들은 이미 몰래 바다를 품고

멀리 있는 벽을 보고
생각에 잠겨요
뿌리 없는 나무가 있구나
물 없이도 살 수 있구나
머리가 뜨거워져 불이 나도
움직이면 아니 되느니
내가 이곳의 주인이거늘
나 빼고 다 움직이는구나
바다 몇 개 나오려고 꿈틀대지만
무엄하도다 주인이 움직이다니

동굴 속에 숨어 있던
심호흡이 다시 나타나
가는 곳마다 비가 내릴 거라고
주인을 유혹하지요
가다가 멈추는 곳에
물이 있을 거라고 귓속말하지요
속 바다는 겉 바다를 만나야
고래를 만들 수 있으니
심호흡을 뒤세우고
벽을 뚫고 나오지요

물 없는 구덩이들이 보이고

팔다리 없는 몇몇은 빠져
하늘만 바라보는데
또 몇몇은 언덕에 올라
땅만 쳐다보는데
쫓겨난 눈썹달의 눈물이
것들의 이마에 떨어지네요
눈썹달이 눈을 감자
일제히 눈을 뜨는 것들
빛나는 이마들

길 따라 불 밝히고
대문 앞에 서서
그동안 미안했어요
들어가려고 하니
문 좀 열어 주세요
피곤하기도 하고
이젠 머물고 싶어요
방 안으로는 들어가지 않고
마당이나 현관에 있을 게요
그냥 있게만 해주세요

대문 방문 닫히자
배 터져 죽는 놈

굶어 죽는 놈
썩어 죽는 놈
말라 죽는 놈
불타 죽는 놈
죽는 놈들을 보고
이마가 조금만 빛나는 것들은
무서워요
마을을 떠나고

어쩌다 문 열고 들어간 놈들도
먹지 못하고
입지 못하고
제대로 자라지 못해
성격이 비뚤어지고 날카로워져서
집을 나가면 죽는다는 데도
가출을 하고
키 작고 빼빼 말라
언제 죽을 지 모르는 놈 하나만
악착같이 문고리를 잡고 있네요

마을을 떠나 살아남은 놈들은
다시 제자리 뛰기를 하네요
높이 오르는지 아닌지

것들이 떨어지는지 마는지
꿈을 꾸지만 꿈꾸지 않고
지금까지도 용케 살아남았는데
제자리 뛰기를 그만 할까
이렇게 죽으나 저렇게 죽으나
죽는 건 같으니
자리 잡고 다리 없이 앉아 좌정을 해요

비몽사몽 눈이 반쯤 감겼을 때
날개 큰 새들이 날아와
놈들을 움켜쥐고
날개 작은 새들이 날아와
놈을 입에 물고
심호흡보다 멀리 떠나요
구르는 것보다 나는 게 좋아요
탈출하는 느낌이 드니까요
날다가 떨어지기도 하지만
뭐 괜찮아요

물 없는 바다에 떨어져요
파도가 치지만 물이 없으니
올 때까지
제자리에서 기다려요

이제 기다리는 건 익숙해요
뭘 기다리는지 잊은 지는
이미 오래 되었어요
두 눈 다 감고
다리가 생기는 꿈을 꿔요
어디론가 가고 있어요

탑이 보이고
큰 집이 보여요
용도 보이고
고래도 보여요
저는 집 밖에 있어요
다리가 있는데
안으로 들어갈 수는 없어요
바다가 집 밖으로 나와
제 다리를 적시네요
또 비몽사몽

바닷물이 달아요
조금만 마셔야겠어요
꿈이라면 안 깼으면 좋겠어요
조금 더 마셔야겠네요
옆에 누가 있으면 같이 마실 텐데

혼자 있어요
산들바람이 부네요
이마가 시원해요
옷도 벗어야겠어요
꿈속에서도 눈을 감고 있어요

눈을 떴어요
꿈이 눈 앞에 와 있어요
눈을 떠도 눈을 감아도
똑같아요
다리가 생겼지만
어디 가고 싶지가 않아요
다리가 몇 개 더 생겼어요
이제 어디 가고 싶어도 못 가요
비는 그만 왔으면 좋겠어요
눈을 감았어요

바람을 기다리고 있어요
위 아래 바람보다는
좌우로 부는 바람이 더 좋아요
이 바람 저 바람 가릴 처지는 아니지만
뭐 어때요
이제 한시름 놓았으니

기다리는 일밖에 할 일이 없어요

다리는 자를 거예요

꿈을 못 꿀 것 같지만

계속 꿀 거예요